nos Unidos, S.A.
5-B. Col. Centro
auhtémoc
-21-88-70 al 74
2-85-16
nternet.com.mx
usa.com.mx

Cámara Nacional
ditorial. Reg. No. 115.

composición tipográficas
dad de los editores.

ICION SEPTIEMBRE 2003
ISBN 968-15-1438-6

Impreso en México
Printed in Mexico

Leyendas de amor, misterio y terror del México colonial

Con cariño para Laurita. Te amo. Tu tía Ruth

D.R. © Editores Mexica
Luis González Obregón
Delegación C
C.P. 06020. Tels. 5
Fax: 55-1
editmusa@mail
www.editm

Miembro de la
de la Industria E

1ª ED

INTRODUCCIÓN

Dentro del marco literario, la leyenda es un género que proviene de la tradición oral de un pueblo en particular.

La palabra leyenda deriva del latín *legenda,* que significa "cosas para leer". Éstas historias son una mezcla de fantasía y realidad.

En México, desde tiempos antiguos y aún en la actualidad, las leyendas han sido recopiladas, divulgadas, modificadas y adaptadas de acuerdo con la región y el contexto histórico.

Leyendas de amor, misterio y terror del México colonial es una invitación para que el lector se transporte imaginariamente hacia aquella época tan interesante de la historia mexicana, donde las oscuras calles empedradas, los estrechos callejones y las construcciones eclesiásticas barrocas son el marco perfecto para estos relatos extraordinarios.

En este compendio presentamos una selección variada y enriquecedora de las narraciones de hechos extraordinarios sucedidos, según la tradición, en el territorio conquistado por Hernán Cortés y su ejército, el cual fue bautizado como Nueva España. La capital de ésta, Santiago de Querétaro, La Villa Rica de la Vera Cruz, Durango, Guerrero, Santa Fe y Real de Minas de Guanajuato, son los lugares donde personajes fantásticos y reales dan vida a las historias que continúan vigentes.

Mujeres en pena, caballeros que se juegan la vida por el honor de una dama, aparecidos, condenados, rostros embozados, carruajes misteriosos y monjes condenados son los protagonistas en estos relatos que nos invitan a ser testigos y partícipes de los hechos más inverosímiles y emocionantes.

Los personajes de las leyendas coloniales se han vuelto famosos. Es probable que hayamos escuchado alguna vez decir a alguien "No soy la Mulata de Córdoba", haciendo alusión a la hermosa mujer que tenía el don de resolver casos imposibles. También es posible que nuestros padres o abuelos nos hayan hablado del escalofriante grito de La Llorona, o bien, del famoso callejón del beso y la triste historia de amor que guarda en sus pintorescos balcones.

Autores reconocidos como Luis González Obregón, prolífico escritor e historiador, don Vicente Riva Palacio y Manuel Orozco y Berra se agrupan en este compendio con versiones adaptadas, de estructura ágil que conserva el toque de misterio tan característico de la época.

Esta edición incluye además un glosario actualizado y una gran aportación en el campo pedagógico: la inclusión de hojas de trabajo que reforzarán el conocimiento del estudiante en el área de Español, mismas que fueron organizadas de tal forma que cumplen con los objetivos señalados en algunos de los bloques del programa de estudio oficial para educación secundaria.

Ésta es una muestra de nuestra rica literatura mexicana que esperamos disfruten ampliamente.

Los editores

La Mulata de Córdoba*

Leyenda que narra cómo la misteriosa mujer logró escapar de su celda en un buque imaginario.

Cuenta la tradición que hace más de dos siglos en la ciudad de Córdoba, Veracruz, vivió una célebre mujer, una joven que nunca envejecía a pesar de sus años. Nadie sabía de quién era hija, pero todos la llamaban la Mulata.

Para la mayoría, esta joven era una bruja, una hechicera que había realizado un pacto con el diablo, quien la visitaba todas las noches.

Los vecinos aseguraban que al pasar por su casa a la medianoche habían visto que por las rendijas de las ventanas y de las puertas salía una luz *sinies-*

* Basado en "La mulata de Córdoba" de Luis González Obregón

tra, como si por dentro un poderoso incendio devorara la habitación.

Otros decían que la habían visto volar por los tejados en forma de mujer, despidiendo por sus negros ojos miradas satánicas y sonriendo diabólicamente con sus labios rojos y sus dientes blanquísimos. De ella se contaban *prodigios*. Cuando apareció en la ciudad los jóvenes se *prendaron* de su hermosura, a tal grado que empezaron a disputarse su amor.

Ella desdeñaba a todos. De ahí nació la creencia de que el único dueño de sus encantos era el señor de las tinieblas. Sin embargo, aquella mujer frecuentaba los *sacramentos*, asistía a misa, hacía caridades; auxiliaba a los necesitados, lo mismo en la choza del pobre que en el lecho del moribundo.

Se decía que estaba en todas partes, en distintos puntos y a la misma hora; alguna vez fue vista a un tiempo en Córdoba y en México. Tenía el don de *ubicuidad*: mientras uno la vio en una accesoria, otro la miró en una casucha horrorosa de las que existen en los barrios más *inmundos* de las ciudades y otro más la reconoció en un modesto cuarto de vecindad, sencillamente vestida, con aire vulgar, maneras desembarazadas y sin revelar el mágico poder que poseía.

La hechicera servía también como abogada de imposibles. Las muchachas sin novio, las que iban perdiendo la esperanza de hallar marido, los desempleados, las damas que ambicionaban competir en túnicas y joyas con la virreina, los militares retirados, los médicos jóvenes sin fortuna, todos acudían a ella, quedando contentos y satisfechos.

La fama de esa mujer era inmensa, en toda la Nueva España se hablaba de ella, por eso todavía hoy, cuando se pide alguna cosa irrealizable, se acostumbra exclamar: ¡No soy la Mulata de Córdoba!

Nadie sabe cuánto duró la fama de aquella mujer, prodigio de su época y admiración de los futuros siglos. Lo que sí se asegura es que un día en la Ciudad de México se supo que la Mulata había sido traída desde la villa de Córdoba a las sombrías cárceles del *Santo Oficio.*

Esta noticia fue causa de atención de todas las clases de la sociedad, entre las pláticas de las tiendas del *Parián* se habló mucho de aquel suceso y hasta hubo alguien que sostuvo que la Mulata cayó en el Santo Tribunal no por hechicera ni bruja, sino por la inmensa fortuna que poseía, consistente en diez grandes barriles de barro llenos de polvo de oro. Otro más afirmaba la existencia de un amante despechado que la denunció en Córdoba.

Pasaron los años, todos se olvidaron de ella, hasta que se supo que en el próximo auto de fe que se preparaba, la Mulata saldría con coraza y vela verde. Pero el asombro creció días después cuando se escuchó que había escapado de la cárcel tomando la forma de pájaro, volando hasta Manila.

Las más extrañas y absurdas explicaciones circularon por la ciudad. Afirmaban que había sido obra del diablo, que se había introducido para salvar a su Mulata; otros recordaron aquello de que *dádivas quebrantan...* rejas; algunos maliciosos insinuaron que los del Santo Oficio, como mortales, eran también de carne y hueso.

He aquí la verdad de los hechos: una vez el carcelero penetró en el inmundo calabozo de la hechicera y se quedó maravillado al contemplar en una de las paredes un navío dibujado con carbón por la Mulata, quien le preguntó con tono irónico:

—¿Qué le falta a ese navío?

—¡A este barco lo único que le falta es navegar! ¡Es perfecto!

—Pues si vuestra merced lo quiere, si en ello se empeña, navegará muy lejos.

—¡Cómo! A ver...

—Así —dijo la Mulata. Y ligera saltó al navío y éste, lento al principio, después rápido y a toda vela, desapareció con la hermosa mujer por uno de los rincones del calabozo.

El carcelero, mudo e inmóvil, con los ojos desorbitados, con el cabello erizado y la boca abierta, vio la escena sorprendido.

Cuenta la tradición que años después hubo un hombre recluido en la casa de locos. Era el inquisidor, quien hablaba de un barco que una noche, bajo el suelo de México, cruzaba llevando a una mujer de porte altivo. No se volvió a saber nada, pero se supone que la Mulata se encuentra gimiendo en poder del demonio.

La calle de la mujer herrada*

De lo acontecido a la **manceba** *de un padre que fue llevada por los demonios para ser herrada como caballo.*

Por los años de 1670 a 1680, en la Ciudad de México, en la casa número 3 de la calle de la Puerta Falsa de Santo Domingo, calle atravesada entonces por una *acequia,* vivía digna, pero no honesta y honradamente como Dios manda, un clérigo eclesiástico. Éste compartía su vida en *incontinencia* con una mala mujer como si fuera legítima esposa.

Cerca de ahí, en la calle de las Rejas de Balbanera, en los bajos de la antigua Universidad, había una casa antiguamente llamada Casa del

* Basado en "La calle de la mujer herrada" de Luis González Obregón

Pujavante, porque tenía sobre la puerta, esculpido en la cantería, un *pujavante* y tenazas cruzadas.

En esta casa habitaba un antiguo herrador, gran amigo del clérigo amancebado, además de ser su compadre; el herrador estaba al tanto de la mala vida de su compadre. Frecuentaba la casa del clérigo y le daba consejos sanos para que abandonara el mal camino. Vanas fueron sus exhortaciones.

Cierta noche en que el buen herrador estaba ya dormido, oyó llamar a la puerta del taller con grandes y descomunales golpes que le hicieron despertar y levantarse apresuradamente. Salió para ver quién era, perezoso por lo avanzado de la hora, pero al mismo tiempo alarmado por temor de que fueran ladrones. Se encontró con dos negros que conducían una mula y el recado de su compadre suplicándole le herrara inmediatamente la bestia, pues muy temprano tenía que ir al Santuario de la Virgen de Guadalupe. Reconoció de inmediato al animal, de mal talante aprestó las herramientas del oficio y clavó cuatro herraduras en las patas del animal. Concluida la tarea, los negros se llevaron la mula, dándole crueles y repetidos golpes, por los que el cristiano herrador los reprendió.

Al día siguiente se presentó el herrador en la casa de su compadre para informarse del porqué iría tan temprano a la Villa de Guadalupe, como le habían dicho los negros. Halló al clérigo aún en la cama al lado de su manceba.

—Lucidos estamos, compadre —le dijo—, despertarme tan de noche para herrar una mula. Todavía tiene vuestra merced tirantes las piernas debajo de las sábanas. ¿Qué sucede con el viaje?

—Ni he mandado herrar mi mula, ni pienso hacer viaje alguno —replicó el aludido. Claras y prontas explicaciones mediaron entre los dos amigos. Al fin de cuentas convinieron en que alguien les hizo una broma; para celebrar toda la *chanza,* el clérigo comenzó a despertar a la mujer con quien vivía.

Llamó dos veces a la mujer sin obtener respuesta, movió su cuerpo y estaba rígido. No se notaba en ella respiración, había muerto. Los dos compadres se contemplaron mudos de espanto; su asombro fue inmenso cuando vieron, horrorizados, que en cada una de las manos y de los pies de aquella desgraciada se hallaban las mismas herraduras con los mismos clavos que había puesto a la mula el buen herrador.

Ambos se convencieron de que aquello era obra de la Justicia Divina y que los negros habían sido demonios salidos del infierno. De inmediato avisaron al cura de la Parroquia de Santa Catarina, Dr. D. Francisco Antonio Ortiz. Al volver con él a la casa, mirando con atención a la difunta, vieron que tenía un freno en la boca y las señales de los golpes que los demonios le hicieron.

Por acuerdo de los respetables testigos, resolvieron hacer un hoyo en la misma casa para enterrar a la mujer, y una vez hecha la inhumación guardar el más profundo secreto entre los presentes.

Cuentan las crónicas que ese mismo día, temblando de miedo y jurando cambiar de vida, salió de esa casa el clérigo protagonista de esta verídica historia, sin que nadie volviera a tener noticia de su paradero.

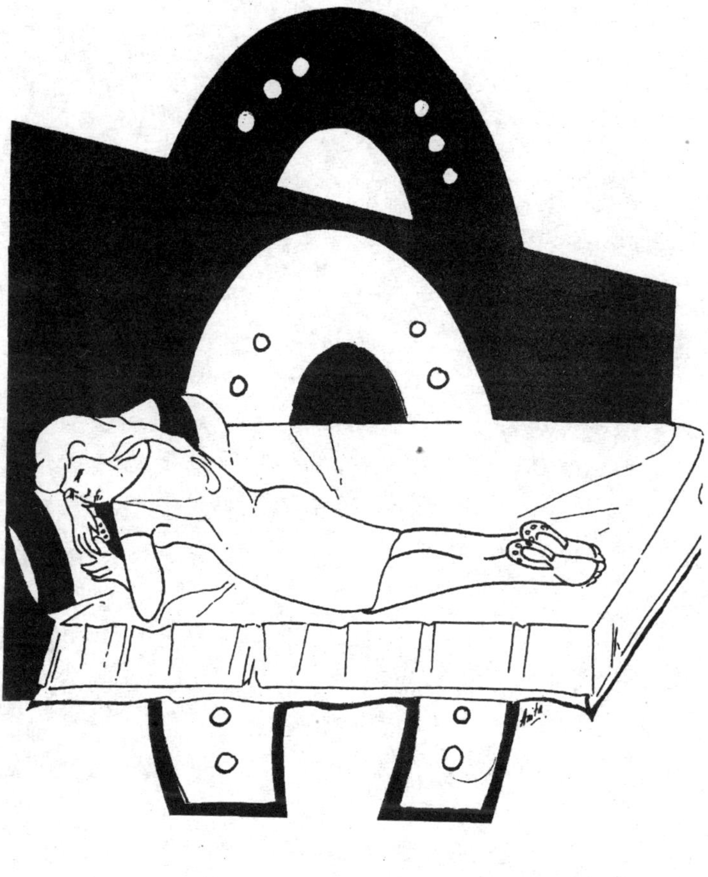

La Monja Alférez*

Leyenda de la famosa Monja Alférez acontecida en la Nueva España.

A principios del siglo XVII tuvo lugar un memorable episodio de la famosa Monja Alférez, cuyo nombre verdadero fue Catalina de Erauzo, nacida en 1592 en San Sebastián de Guipúzcoa.

Catalina siempre fue rebelde y de gran fortaleza. Desde joven tomó el hábito de novicia. Días antes de profesar huyó del convento y se embarcó a América. Allí fue soldado y combatió con osadía en Arauco; pronto alcanzó el grado de *alférez* como título real. Después, en Potosí, logró el reconocimiento de capitán. También sirvió como sol-

* Basado en "La monja Alférez" de Luis González Obregón

dado, con el nombre de Antonio de Erauzo, en los *tercios* de Chile, pero desertó debido a la fama de pendenciero y temible espadachín.

Antonio de Erauzo tenía en su haber una serie de crímenes que jamás negó, por lo que fue condenado a la horca. Al terminar de confesarse y a punto de comulgar, la monja arrebató la hostia y corriendo a un templo cercano a grito de ¡A iglesia me llamo!, pidió asilo. Tras ella iba escandalizado el pueblo, sin atreverse a castigarla con las armas, pues no querían ser sacrílegos al penetrar en la iglesia.

A salvo de la multitud, sujeto únicamente a la jurisdicción del obispo, quien le impondría un duro castigo, el alférez rogó al obispo que lo confesara antes; esta confesión resultó tan larga, importante e inesperada para el prelado, que llevó al supuesto Don Antonio de Erauzo al monasterio de las monjas de Santa Clara y se determinó que el criminal tendría por cárcel el convento.

El hecho causó asombro y desató habladurías del pueblo. De este modo transcurrieron algunas semanas, hasta que el alférez fue trasladado a Lima, conducido por una fuerte escolta. Aquí estuvo preso algún tiempo, hasta que finalmente el famoso y bravo espadachín fue enviado a España; todo el mundo se había enterado de que era una mujer disfrazada de hombre.

Ya en Europa, la Monja Alférez viajó a Roma para entrevistarse con el Papa, a fin de solicitarle que le permitiera seguir usando ropa de hombre, como hasta entonces lo había hecho; petición que le fue concedida. Un cardenal protestó, argumentando que sería un mal ejemplo. El Papa respondió: Dame otra Monja Alférez y haré lo mismo.

En España consiguió que el Rey le otorgara, gratificándola por los servicios militares, una pensión de quinientos pesos anuales, que podía hacer efectiva en las Cajas Reales de Perú, Manila o México.

Fue así que el 21 de julio de 1630, el alférez Doña Catalina de Erauzo fue enviado a la Nueva España. Pasó algunos años viviendo plácidamente de su pensión, hasta que decidió dedicarse a ser arriero, haciendo viajes de México a Veracruz o viceversa. Al fin la monja se estableció en Veracruz. Se dice que a la edad de 53 años seguía vistiendo traje de hombre y portando espada. Los vecinos la conocían como Don Antonio.

Sus contemporáneos la describen de estatura grande, robusta, pero bien formada, y de piel trigueña; no tenía pechos, pues ella misma contaba que en su juventud había utilizado ungüentos para que le quedaran planos. Su cabello era negro y corto, sus manos fuertes aunque de movimientos delicados.

En ese tiempo el Alcalde Mayor de la Villa de Jalapa quería que una de sus hijas tomara los hábitos y profesara en un convento de México. La monja se encontraba haciendo un alto en ese lugar. El Alcalde escuchó que Don Antonio era mujer y quiso confiarle el traslado de su hija. Ordenó a sus hijas cerciorarse de esto invitando a la monja a tomar un baño. El Alcalde observó la escena, de este modo constató lo que decían y confió su hija a Don Antonio.

Al llegar a México y antes de que entrara al convento, la joven conoció a un *hidalgo* que se enamoró de ella; sin perder tiempo pidió su mano. La monja se llenó de aflicción y celos en cuanto lo supo. Prometió darle a la joven una cuantiosa dote y la mitad de su pensión si ingresaba de inmediato al convento.

Sin embargo, la joven tenía más deseos de casarse con el hidalgo que de ser monja y terminó por contraer nupcias. Para consolar a Don Antonio, el hidalgo le permitió ir a verlos cuando así lo deseara. La monja enfermó de celos al verla casada. Pasado un tiempo los visitó en varias ocasiones, pero al mostrar exceso de celos con otras damas, el esposo le prohibió ver a la joven.

Llena de rabia le envió al hidalgo una carta en donde lo retaba a duelo por haberle impedido entrar a su casa sin causa justificada y amenazarla de muerte si pasaba por la calle donde vivía el hidalgo. Agregaba que a ella no le faltaba valor aunque fuera mujer. La cita era entre la una y las seis de la tarde. El mensaje llevaba al *calce* el nombre de Doña Catalina de Erauzo.

El hidalgo contestó con otro escrito entre serio y burlón. Le recordó que los duelos eran entre hombres y que a las mujeres les correspondía la aguja y el bordado. Tras leer la respuesta, la monja echaba fuego por los ojos. Hicieron las paces gracias a la mediación de los amigos de ambos.

Quiso el destino que al siguiente mes Doña Catalina pasara por la calle donde el hidalgo se encontraba, justo en ese momento, en un trance peligroso, pues con espada en mano se defendía valerosamente de tres hombres. Sin pensarlo, la Monja Alférez desenvainó su espada, se puso al lado de su reconciliado amigo y exclamó: ¡Señor hidalgo, tened por cierto que unidos venceremos! Dicho esto, se lanzó resueltamente en contra de los tres adversarios, con tal ímpetu que su compañero tuvo que contenerla con estas palabras:

—¡Señor Alférez, admiro vuestro *arrojo*, pero no seáis tan impulsivo!

Por fortuna pronto llegaron otros que pusieron en paz a todos. Cuando el hidalgo se disponía a darle las gracias a la monja, ésta, tras envainar su espada, le dijo:

—¡Señor hidalgo, tan amigos como antes!

Todos los presentes aplaudieron la frase. Enterradas para siempre las rencillas del pasado, la Erauzo continuó con su oficio de arriero, hasta que un día, en 1650, yendo de México a Veracruz, murió.

La calle de Don Juan Manuel*

Leyenda que narra la venganza de Don Juan Manuel y su absolución, que pagó con su propia muerte.

Hace muchos años vivió en esta calle un señor español muy principal llamado Don Juan Manuel, a quien Dios quiso dar mucha fortuna y una esposa ejemplo de hermosura y virtud. Todo el mundo lo creía un hombre verdaderamente feliz, pero estaba muy distante de serlo, pues los años pasaban sin que él lograra tener hijos. Esto lo llenaba de tristeza, así que se entregó a la devoción fervorosamente; no salía de las iglesias, ni se le veía tratar más que con religiosos y personas conocidas por su piedad. A pesar de eso su tristeza iba en aumento, por lo que

* Basado en "La calle de Don Jan Manuel" de Manuel Orozco y Berra

mandó por un sobrino suyo, a quien amaba mucho, para que se encargara del manejo de la casa; mientras tanto, Don Juan Manuel se separaría de su mujer y se metería como religioso de San Francisco; quería acabar sus días santamente.

Con la llegada del sobrino llegó también la perdición de Don Juan Manuel, ya que los celos comenzaron a atormentar su alma. El desdichado oía continuamente una voz en su interior diciéndole que su esposa era infeliz y criminal, además le aconsejaba las acciones más desesperadas y crueles para vengar su honra; lo peor era que le designaba como sospechosas a las personas que él tenía por más virtuosas y honradas.

Tal era su delirio que una noche invocó al demonio y celebró con él un pacto formal de entregarle su alma, siempre que le proporcionara la ocasión de vengarse de la persona que ultrajaba su honor. El demonio no quiso desperdiciar la oportunidad que se le presentaba de perder a otras muchas almas, así que le aconsejó que a las once de aquella misma noche saliera de su casa y vería pasar por su calle al ofensor que buscaba.

Don Juan Manuel acudió puntualmente a la cita. De pronto vio a un hombre que pasaba por la calle *embozado* en su capa, se acercó a él y, sin pronunciar una sola palabra, le dio tan feroz puñalada que lo dejó muerto al instante.

Ya el corazón de Don Juan Manuel empezaba a disfrutar la satisfacción de la venganza, pero a la noche siguiente se le apareció el demonio a pedirle cuenta de lo que había hecho y le dijo: "No creas que te has librado del enemigo de tu honra, el que mataste ayer era un hombre inocente que iba a repartir a su familia el fruto de su trabajo, pero me convenía que ahí pereciera". Al oír esto, Don Juan Manuel enfureció. Iba a maldecir al demonio, pero éste, sin darle tiempo de pronunciar una palabra, le recordó su terrible juramento y continuó diciéndole: "Quiero hacerte el mayor servicio que puedo para que logres tus deseos. Sal de tu casa todas las noches y *acomete* sin temor a la primer persona que encuentres en tu calle a las once en punto. Quítale la vida; si me ves aparecer al instante, puedes estar seguro de que has acertado el golpe. No pierdas tiempo, considera que tu esposa se distrae en cosas más agradables que las tuyas".

Don Juan Manuel, encendido de celos con estas palabras del demonio, acabó por no escuchar las voces de su conciencia. Desde aquel instante empezó a poner en marcha el infernal consejo. Todas las noches salía puntualmente de su casa y, para asegurarse mejor de la exactitud de la hora, preguntaba al primero que veía en la calle: "Amigo, ¿qué hora es?" Al contestar el desgraciado hombre "Las once", añadía Don Juan Manuel, clavándole el puñal en el pecho: "Dichoso usted que sabe la hora en que muere".

Así continuó Don Juan Manuel por mucho tiempo, llenando de terror a toda la Nueva España, pues diariamente amanecía una persona asesinada en aquel barrio, sin que se tuvieran noticias del agresor. Hasta que una mañana Don Juan Manuel vio conducir a su presencia el cadáver de ese mismo sobrino suyo a quien tan tiernamente amaba y a quien había asesinado la noche anterior sin conocerlo. El pobre hombre quedó horrorizado y afligido, pero, por fortuna, desde entonces empezó a sentir remordimientos de conciencia, despreciando el pacto celebrado con el demonio.

De inmediato Don Juan Manuel acudió a un religioso de San Francisco, muy conocido en México por su sabiduría y su santidad; le reveló todas sus culpas con las más vivas demostraciones de arrepentimiento. Este santo varón quiso probar su arrepentimiento y para esto le impuso como penitencia ir tres noches seguidas, en punto de las doce, al pie de la horca; debía rezar un rosario por el alma de los que había asesinado e ir al día siguiente a contarle lo sucedido. Don Juan Manuel obedeció con la mayor humildad, resuelto a ponerse bien con Dios. Al dar las doce de la noche, sintiendo un horror que le helaba la sangre de las venas, se colocó de rodillas al pie de la horca y empezó a rezar el rosario, sin que notara cosa alguna. Sin embargo, al concluir sus oraciones, dispuesto a marcharse, sintió un terrible pavor al oír una voz sepulcral y lejana que dijo claramente:

—Un padrenuestro y un avemaría por el alma de Don Juan Manuel.

Al amanecer el hombre fue a referir al clérigo tan espantoso acontecimiento. El padre procuró animarlo diciéndole que así convenía a la salvación de su alma, que lo sucedido era un *ardid* del demonio para apartarlo de su santa empresa, que hiciera la señal de la cruz sobre todo lo que le inspirara temor y que volviese a la horca aquella noche a seguir cumpliendo su penitencia, seguro de que al día siguiente le daría la *absolución* de sus culpas.

El ánimo de Don Juan Manuel se fortaleció con esas palabras y acudió con la misma puntualidad a la horca. Apenas concluyó su rezo vio a lo lejos un gran número de luces opacas que se movían de dos en dos, como si fueran en procesión, y detrás de ellas un bulto negro levantado en lo alto, parecido a un ataúd. Don Juan Manuel vio aquello con valor, pero al oír la misma voz que la noche anterior lo había dejado casi sin vida, perdió enteramente el ánimo y el sentido.

Al otro día fue a ver al padre, le dijo que no podría resistir la tercera prueba y le suplicó que le concediera la absolución. Entonces el padre le dio el perdón que tanto deseaba, pero con la condición de ir a hacer su última visita a la horca.

A la mañana siguiente, entre una espesa niebla, un grupo de parroquianos descubrieron un cuerpo que oscilaba inerte al compás de las campanadas de la Catedral. Era el cuerpo frío de Don Juan Manuel que yacía en la misma horca donde lo había mandado el padre.

Cuenta la leyenda que los mismos ángeles bajaron del paraíso para darle la absolución eterna a Don Juan Manuel.

EL TAPADO*

La leyenda del misterioso hombre conocido como El Tapado.

I

A mediados del siglo XVII hubo una gran agitación y conmoción en todas las clases de la sociedad mexicana, pues los piratas habían desembarcado en Veracruz. El comercio se interrumpió y las flotas que salían para Europa iban custodiadas por navíos de guerra.

El mar de las Antillas y el golfo de México eran dominados principalmente por los piratas Mansveld y Juan Morgan. Éstos no sólo atacaban

* Basado en "El Tapado" de Vicente Riva Palacio

a los buques, sino que hacían des-embarcos y saqueaban las ciudades importantes de tierra firme, como Puerto Príncipe, Maracaibo, Puerto Bello, Veracruz y Tampico, entre otras.

El 21 de mayo de 1683 se publicó un bando en el que se informaba que todos los hombres de entre 15 y 60 años tomaran las armas para ir a defender el puerto. Al día siguiente ya estaban formadas las compañías de infantería y caballería; los *oidores* Don Frutos Delgado y Don Martín de Solís salían para Veracruz con gente armada. El puerto estaba en manos de los piratas Juan Chaquez y el mulato Lorencillo, y se mencionaba que tenían ocho mil hombres.

II

En medio de la terrible alarma que produjeron los piratas en Veracruz, surgió otra noticia: la llegada de Don Antonio de Benavides, marqués de San Vicente, mariscal de campo, castellano de Acapulco, nombrado *visitador* del reino por Su Majestad. Don Antonio se dirigió a la Ciudad de

México. En todos los pueblos era conocido su título y su *investidura* de visitador, por lo que se le *obsequiaba* y asistía espléndidamente.

La gente del pueblo generalmente aborrecía a sus opresores, pero los criollos veían con buenos ojos la aparición de un visitador que venía a pedir cuentas a los gobernantes de las colonias. Los oidores y los virreyes veían esta llegada como el anuncio de una calamidad.

En tanto, los batallones que se dirigían a Veracruz iban con demasiada lentitud. No habían avanzado dos jornadas de México cuando llegó la noticia a la capital del saqueo de Veracruz y la retirada de Lorencillo.

III

Casi al mismo tiempo se supo la noticia de que por orden de la Audiencia había sido preso en Puebla el visitador Don Antonio de Benavides. Nadie sabía las causas. La prisión de un visitador era en aquellos tiempos un atentado tan grande, escandaloso y trascendente, pues se atentaba contra la imagen directa del rey. La gente murmuraba que el virrey y la Audiencia pretendían alzarse contra el reino.

Hubo gran revuelo y expectación el viernes 4 de junio, día en que debía entrar Don Antonio a la Ciudad de México. Era tal el misterio de su conducta, así como la misión que traía y la causa de su prisión, que la gente comenzó a llamarle El Tapado. Lo único que la multitud pudo ver fue a un hombre embozado en una gran capa negra, que caminaba montado en una mula, en medio de un grupo de alguaciles a caballo.

IV

Don Antonio de Benavides fue encerrado en un calabozo; el 10 de junio se le tomó la primera declaración y lo consignaron a la Sala del Crimen para que lo juzgaran. No se pudo obtener de él una contestación que explicara la misión que lo traía a la Nueva España, a pesar de los tormentos de que fue objeto.

Los oidores se desesperaron y el virrey, Don Tomás Antonio Manríquez de la Cerda, marqués de la Laguna y conde de Paredes, tomó cartas en el asunto pues creyó tener más éxito que la audiencia, pero no fue así. La conversación con El Tapado le afectó bastante al marqués; con la frente húmeda de sudor fue a su habitación sin contestar los ceremoniosos saludos que le dirigían a su paso.

La curiosidad de sus sirvientes y del pueblo en general creció con la misteriosa conducta del virrey. Nadie supo lo que pasó en aquella conferencia, sólo Dios, el virrey y El Tapado. Aquél fue siempre uno de los impenetrables misterios en esta causa.

V

Los oidores determinaron darle tormento al preso para arrancarle la confesión. Éste prefería la muerte. Días después, El Tapado trató de suicidarse, ahorcándose con un pañuelo, pero un carcelero llegó a tiempo para impedirlo.

Esta noticia llegó a la Audiencia, los oidores, temerosos de que otra vez fuera más afortunado en su *tentativa,* determinaron practicar cuanto antes la diligencia del tormento. Benavides sufrió el tormento con energía y ánimo, el dolor no arrancó al Tapado la confesión más insignificante. Todo México supo que iban a *sacramentar* al Tapado, que estaba moribundo a consecuencia del martirio.

El virrey pareció olvidarse del asunto del visitador, sólo se ocupó de los festejos del bautizo de su hijo, nacido seis días antes de que torturaran al Tapado.

VI

A los festejos asistieron la Real Audiencia, las Compañías religiosas y autoridades importantes de la Nueva España. En ese mismo momento un humilde sacerdote suministraba el sacramento de la extremaunción al misterioso visitador Don Antonio de Benavides. Éste recibió los últimos sacramentos y dio al cura mil pesos de *manípulo,* que el cura se negó a aceptar, pero el virrey mandó después que se aplicaran a la compra de un *palio* para el Santísimo.

VII

Un año después, en la ciudad se olvidaron de Benavides, que, restablecido de su enfermedad, seguía siendo juzgado por la Audiencia. El 10 de julio de 1684 se supo que El Tapado había sido condenado a muerte y *puesto ya en capilla*. La ejecución de justicia era en aquellos tiempos un espectáculo público muy concurrido, así que el condenado pasó en la capilla tres días de espera agónica. Durante esos días hizo llamar a Castillo, el secretario del virrey, para hacerle una revelación que jamás se supo.

El día señalado, Don Antonio, con el pecho cubierto de escapularios, sin sombrero, vestido de negro y montado en una mula, salió de la cárcel rodeado de soldados, llevando a su lado dos sacerdotes que le animaban a morir cristianamente. Esta comitiva hizo el paseo que se acostumbraba hacer con los reos. En cada esquina, el *pregonero*, con voz *atronadora,* publicaba el nombre del ajusticiado, su crimen y la pena que iba a sufrir.

Así llegaron hasta la horca que estaba en el centro de la plaza. El Tapado fue bajado de la mula, el verdugo pasó el dogal alrededor de su cuello y los sacerdotes redoblaron sus *fervorosas* oraciones, hasta que Don Antonio de Benavides se mecía sin vida en la horca.

Después de esto los sacerdotes se retiraron, los verdugos descolgaron el cadáver y, conforme a la sentencia, le cortaron las manos y la cabeza. En ese momento el sol se eclipsó totalmente; la muchedumbre, impresionada con el espectáculo, sintió un terror supersticioso al ver que el sol se oscurecía y huyó despavorida.

El más impenetrable misterio vela toda esta historia, nadie supo en realidad quién era El Tapado ni a qué vino a México.

II

Santiago de Querétaro
(Querétaro)

El número 7*

Leyenda que narra la confesión del padre Ramírez desde el más allá.

El convento de la Cruz y el del Pueblito, a las orillas de esta ciudad, fueron célebres por el gran número de hijos ilustres que les dieron renombre, ya por su ciencia, virtud o por ambas, muriendo en olor de santidad después de haber dejado tras sí una estela de beneficios a la comunidad.

En los años de 1842 y 1843 todavía las órdenes religiosas gozaban de su *fuero* y llevaban su vida *monástica* tal y como la habían establecido sus fundadores.

* Basado en "El número 7" de Valentín F. Farías

Era entonces guardián del convento del Pueblito el Padre Fray Ildefonso Arreguy, varón justo de acendrada virtud y observancia. Era la costumbre que toda la comunidad, desde el religioso más respetable hasta el más inferior, nombraran al guardián con el títúlo de Benedícite, tanto en su ausencia como en su presencia.

Todas las noches, después de que se dejaba de oír la triste voz del religioso, a quien le tocaba el turno de cantar, por el claustro, la fúnebre plegaria elevada a Dios por el descanso de las almas de los religiosos muertos, solían reunirse tres o cuatro de los principales y antiguos padres en el último descanso de la escalera principal, al pie de la campana, con el objeto de conversar mientras se tocaba a refectorio.

Siguiendo esta costumbre, se encontraban reunidos en dicho lugar los citados padres el 7 de agosto de 1842; viendo que faltaba Benedícite, que era también de los de aquella reunión, juzgaron conveniente ir a su celda, la número 7, pues aunque debía habitar la celda guardiana, él nunca lo hizo por su habitual humildad.

Temiendo que se hubiera enfermado súbitamente, se acercaron a su celda. El Padre Fray Rafael Luque pegó el oído a la chapa de la puerta y escuchó perfectamente que Benedícite hablaba en voz alta con alguna persona. Pasado un intervalo de silencio, oyó que con voz clara decía: "No, hombre, no puedo... ya te digo que no puedo...", y seguía articulando palabras incoherentes e ininteligibles.

Consultaron los padres entre sí sobre quién podría ser la persona con quien hablaba, pues a nadie se le vio entrar. Por último, resolvieron entrar a ver, temiendo que fuera a sucederle una desgracia. Se decidió por unanimidad que el Padre Luque pasara a ver de qué se trataba.

Apenas entró cuando vio caer a Benedícite privado de sus sentidos. Entraron los demás religiosos y le *prodigaron* sus atenciones, no sin quedar perplejos y espantados al ver que no había nadie dentro más que el guardián.

Al poco tiempo perdió la razón. Se le llevó para el convento de la Cruz y por muchos días se le vio sentado al pie de la palma que existe en la huerta, siendo su tema dominante la inmensidad y *atrocidad* de las penas del purgatorio.

Después de un tiempo recobró enteramente sus sentidos, pero jamás quiso revelar con quién hablaba aquella noche.

Las tradiciones del convento traían una leyenda sobre los espantos del Padre Ramírez, que había muerto recientemente en el convento del Pueblito, quien todas las noches venía a espantar a la comunidad; decían que andaba en pena; pero desde esa noche cesaron los espantos y ruidos, y creyeron que Benedícite lo sacó de penas confesándolo.

La leyenda del Padre Ramírez fue admitida como cierta no sólo por la comunidad, sino por todo el vecindario que conoció y supo apreciar las virtudes del Padre Arreguy.

III

La Villa Rica de la Vera Cruz
(Veracruz)

La condesa de Vergara*

Leyenda que narra la venganza de la condesa de Vergara acontecida en la Poza de la Muerte, Punta Gorda, en el actual puerto de Veracruz.

I

La condesa de Vergara era una dama de ilustre linaje. Poseedora de grandes tierras en la sierra de España, derrochaba a manos llenas su inagotable fortuna, recorriendo las cortes de toda Europa, asombrando a príncipes, grandes señores y plebeyos con la insolencia de un lujo sin igual. A pesar de que se pasaba la vida en fiestas, su existencia era muy aburrida.

* Basado en "La condesa de Vergara" de Francisco Broissin Abdalá

Una noche, en su alcoba, la *voluptuosa* condesa se encontraba muy pensativa, su imaginación la llevaba lejos, a las Indias remotas que descubriera Cristóbal Colón y que conquistara Hernán Cortés, tierras ricas en oro y piedras preciosas, de las que se hablaban maravillas. La dama anhelaba fervientemente embarcarse rumbo a la Nueva España, en cuyas tierras pretendía encontrar diversión y esparcimiento. Una mañana la dama zarpó a playas aztecas, con sus servidores de confianza y un tesoro, heredado de su difunto esposo, el Caballero de Vergara. Pensaba derrochar su fortuna en el Nuevo Mundo.

II

Su llegada a la Villa Rica de la Vera Cruz fue todo un acontecimiento; el *cabildo* envió una delegación a darle la bienvenida. Cuando el pueblo supo de la llegada de tan noble dama, acudió a las playas a admirar el desembarco de los servidores, tan lujosamente *ataviados* como su ama.

Las señoras principales, tras las ventanas de sus casas, esperaban el momento de ver pasar el cortejo de la ilustre señora española que había atravesado los mares enfrentándose a lo desconocido.

III

Cerca del viejo camino que conduce a la Antigua, en Veracruz, existe un *remanso* melancólico. En esos terrenos, junto al riachuelo, cercano al mar, la condesa de Vergara llegó a instalarse. Era una enorme hacienda que su difunto marido había mandado construir y donde, según la leyenda, murió asesinado misteriosamente. Resultaba un lugar digno del *caudal* y riqueza de la dama.

Desde el primer día, la castellana dispuso salones abiertos para todas las familias principales. Esa misma noche dejó asombrados a todos con la elegante velada que ofreció. Las damas más hermosas, del más rancio *abolengo,* se trasladaron al castillo de la condesa de Vergara.

Una música deliciosa amenizó el festejo, los bailes de moda agradaron a la juventud; el espléndido agasajo, con exquisitos vinos y suculentas viandas, sirvió de deleite a aquella sociedad, que durante mucho tiempo recordó aquella fiesta como un cuento de hadas.

En la Villa Rica acontecieron un sin fin de festividades; en un ambiente de alegría comenzaron a tejerse las redes de amores trágicos que por años serían motivo de terror en la ciudad colonial.

Desde la primera noche de festejo, la condesa de Vergara se enamoró perdidamente de Don Guzmán Ruiz de Lara, un joven hidalgo perteneciente a la nobleza española, enviado a Veracruz por su familia, en castigo por haber entregado su corazón a una doncella que no era de su clase.

Transcurrieron los días y los intentos de seducción por parte de la condesa resultaron vanos. Sin mayor recato la dama exigía el amor del caballero. Éste cortésmente se excusaba alegando juramentos inviolables a su amor imposible. Al verse humillada, la condesa *maquinó* su venganza.

Una noche plácida de primavera, el joven hidalgo Don Guzmán, postrado a orillas del riachuelo de la enorme mansión de Vergara, aguardaba pacientemente la llegada de la condesa, quien le había prometido ayudarle a escapar para que se reuniera con su amada. De inmediato la vio aparecer y subió con ella a una embarcación. Al instante, sin que el joven se diera cuenta, con las manos llenas de pedrería, la condesa hizo funcionar un oculto mecanismo que abrió por completo el fondo de la barca, la cual en un minuto se llenó de agua y *zozobró*, arrojando al mar a la pareja de tripulantes.

Ante eso, el noble caballero quiso salvar la vida de la dama; nadando vigorosamente la sostuvo a flote; ella sonreía con odio y con amor porque esperaba que su venganza se cumpliera.

De improviso salieron del mar monstruosas serpientes de hasta cuatro tentáculos que se enroscaban en los cuerpos de la condesa y el caballero, en medio de los gritos de horror de las personas que en barcas cercanas fueron testigos de la catástrofe. Un enorme pulpo arrastró a las profundidades a las dos presas, que desaparecieron para siempre, cumpliéndose así la venganza de la condesa, que quiso unirse en la muerte con quien la despreció en vida.

Se dice que los servidores de la condesa fueron los encargados de preparar una poza en la que se introdujo aquel monstruoso pulpo, traído quién sabe de dónde por la cruel condesa; curiosamente, en la misma tierra donde dormía el sueño eterno su esposo, a quien ella mandara asesinar para poder disfrutar de sus riquezas y poderío.

Desde entonces, aquel lugar fatídico es conocido como la Poza de la Muerte, y en él han perecido misteriosamente muchas personas que se han aventurado a desafiar la leyenda trágica de la condesa de Vergara.

La Llorona de Veracruz*

Leyenda de la mujer que pecó por amor, pecó por dolor y vivió penando por siempre en la Villa Rica de la Vera Cruz.

Se cuenta que hace mucho tiempo en Veracruz existió una *desdeñosa* y *altiva* muchacha, que despreciaba a todos los hombres atraídos por su belleza. Esta hermosa joven se dedicaba al cuidado de su anciana madre, a la que sostenía con el fruto de su labor honesta como lavandera de las casas principales de la ciudad; sus manos hacían maravillas dejando con perfecta blancura la ropa que para su aseo le era entregada.

* Basado en "La Llorona de Veracruz" de Francisco Broissin Abdalá

En una de sus visitas a cierto palacio, donde recogía cada semana ropa, quiso su desdicha que se tropezara con un capitán gallardo y aventurero, del que se enamoró perdidamente. Vinieron los encuentros casuales provocados por el capitán; comenzó el idilio trágico que tuvo su brusco despertar cuando la desdichada supo que iba a ser madre.

En vano fueron pronunciados los ruegos de la muchacha, el capitán la ignoraba; cansado de su conquista aceptó gustosamente ser trasladado a otra *guarnición*. Comenzó el calvario para la infeliz mujer que sacrificó su honra en nombre del amor. Fue arrojada de las casas en las que ganaba el sustento. Las otras mujeres de su edad aprovechaban su desgracia para hacer de ella *escarnio*. Los niños la seguían por las calles lanzándole piedras y los buenos mozos, que en vano le habían pedido una limosna de amor, ahora la despreciaban indignamente.

En el pecho de aquella mujer que pecó por amor, se fue infiltrando un desprecio atroz contra la inocente criatura que traía en su vientre. También se llenó de odio contra la sociedad, que en vez de compadecer su desgracia, se burlaba de ella. Los más negros pensamientos se acumularon en su cerebro, juró pagar mal por mal y vengarse ante la injusticia.

Transcurrieron los días, hasta que una tarde, luego de regresar a su mísero cuchitril, la mujer, ya sin lágrimas qué derramar, con el pecho oprimido, sintió que era la hora del alumbramiento. Los dolores eran desgarradores. En momentos creía que iba a morir, pero el sentimiento de venganza la mantenía viva. Pensó que ese pedazo de carne habría de pagar primero el mal que le había causado la sociedad entera.

Nació un hermoso bebé, de ojos grandes y negros, idénticos a los del infame seductor; de manitas largas y afiladas que semejaban aquellas manos audaces del capitán, que acariciaba tan sabiamente. Cuando la mujer vio a su hijo, el odio que rebozaba en su corazón, acumulado en largas noches de agonía, la envolvió completamente en un manto de horripilante criminalidad.

Con la razón extraviada encajó sus dientes en la tierna garganta del niño. Por las comisuras de sus labios destilaban chorros de su propia sangre; en un espasmo de delirio, fuera de sí, torció los bracitos del niño y con esfuerzo horroroso logró arrancarlos uno tras otro. Después extrajo los ojos de las órbitas, dejando sólo las *cuencas* vacías sobre la masa sanguinolenta que ya sólo era un despojo humano. Charcos de sangre inundaban la sucia pocilga. Finalmente, con el cabello revuelto y los ojos enrojecidos, la mujer había quedado satisfecha, cayendo desvanecida sobre los mismos restos.

Varias horas después, a la media noche, la mujer volvió en sí. Recuperando el conocimiento sintió cómo un rayo de luz iluminaba su cerebro. La luna iluminó su cruel hazaña. En ese instante comprendió el crimen que había cometido. Presa de un horror infinito se arrojó sobre aquellos restos, que no tenían ya nada de humanos, y besó los labios de aquel niño que nació para morir en sus manos.

Con el cerebro aún envuelto en bruma, musitando frases de arrepentimiento, pidió perdón a la inocente criatura. Incapaz de resistir más, recogió un puñado de aquellos despojos. De sus labios brotó una queja infernal y terrorífica que atravesó las paredes y penetró profundamente en todos los ámbitos de Veracruz.

Se dice que al llegar aquella pobre loca con los restos de su hijo cerca de los lavaderos donde antes iba a ganar su pan, de nuevo lanzó el quejido, que fue decreciendo. En el polvo del camino desapareció y jamás fue hallada la mujer que desde entonces fue conocida con el nombre de La Llorona.

IV

Guerrero

La Llorona de Guerrero

Se dice que la mítica Llorona llegó en busca de sus hijos también a la Costa Chica de Guerrero. Solía presentarse con la piel carcomida ante los enamorados.

Corrían los primeros años de 1800, cuando Martín de Villavicencio, joven español, llegó a Guerrero para explotar los ricos materiales de plata y oro que resguardaban las minas de Taxco.

Se enamoró de una mujer nativa del estado, de graciosa figura y ligero andar, que conquistó al español con sus enormes ojos castaños y su piel tostada. Cuando llevaba serenata a su joven amada, Martín esperaba ansioso la hora en que se asomara por la ventana de la pequeña casa de adobe. Esperaba pacientemente; sin embargo, en lugar de presentarse la bella mujer, vio ante él una figura insólita cubierta por un manto blanco.

El caballero sintió que la piel se le erizaba, pues conforme alzaba la vista, descubrió unos pies carcomidos y enlodados. El espanto fue mayor al vislumbrar que la figura no era sino una calavera infernal. La mujer lo tomó del brazo, sus huesos calaban como un bloque de hielo, y lo condujo hacia los matorrales de la casa de su amada.

—No tengas miedo —exclamó la cadavérica mujer—, yo también fui enamorada con halagos y canciones como tú lo haces ahora con tu amada.

Martín estaba inmutado, sus ojos se mantenían fijos y sin parpadear, mientras una tremenda ráfaga de hielo recorría su espalda.

—Sí, yo también recibí propuesta de matrimonio, un bello diamante traído de tierras lejanas, mantones de Manila, hermosas peinetas nacaradas y de oro, y muchas cosas más; pero el cruel caballero, después de haberme llenado de joyas y halagos, una vez que yo quedé prendada de su amor, me abandonó, sin importarle el hijo que esperaba de él. ¿Quieres saber qué pasó con el ser que llevaba en mis entrañas? Lo desollé y lo tiré en un lago. Desde entonces vivo penando en su búsqueda, implorando piedad y rogando por su alma.

La mujer soltó el brazo del caballero y, deslizándose suavemente, su figura sobrenatural se fue alejando hasta quedar convertida en un minúsculo punto grisáceo.

Se cuenta que Martín de Villavicencio permaneció enfermo por un largo tiempo. Un enorme calor lo abrasaba en cuerpo y alma. Del fornido y gallardo caballero sólo quedaba una figura lánguida y sin vida. Después de una semana de agonía, murió. Ni la joven amada ni la familia entera comprendieron cuál había sido la causa de la misteriosa enfermedad. Cansados de buscar respuesta, lo único que pudieron concluir fue que Martín había enfermado de malaria, a causa de las continuas visitas a las minas de Taxco.

Dos días después, los condes de Villavicencio asistían al funeral de su único hijo. Cuando el cuerpo iba a ser enterrado descubrieron, en el brazo izquierdo del caballero, una marca infernal: dedos cadavéricos marcaban su piel con tonos rojizos.

Tiempo después, cerca de la tumba de Martín Villavicencio, una figura insólita deambulaba enloquecidamente. Había quien aseguraba escuchar un terrorífico quejido que cimbraba la costa entera.

V
Durango

La dama del abanico

Leyenda de la misteriosa mujer que se quedó esperando eternamente a su amado al pie de la catedral de Durango.

Cuenta la leyenda que Don Luis Romero del Real y Camargo, aristócrata de buen abolengo, llegó a vivir a la provincia de Durango con su esposa y sus tres hijas, bellas muchachas, llenas de virtudes y buenos principios.

La menor de ellas, Ana Luisa, era una muchacha *devota* y *grácil* que pasaba la mayor parte del tiempo en la catedral de la ciudad, ayudando a los necesitados y bordando primorosos manteles. Un día, caminando por la calle principal, tropezó accidentalmente con un joven militar, perteneciente al ejército conservador. Los manteles recién almidonados volaron por los aires, Ana Luisa yacía sobre el piso con el mantón de Manila enredado en la cabeza; al ver lo sucedido, Juan Luis Terreros, como se llamaba el militar, se disculpó una y mil veces. Cuando Ana Luisa levantó el rostro quedó profundamente enamorada de su hermosura. El uniforme *galoneado* resaltaba las delicadas facciones del militar. Ana Luisa, al verlo, sólo pudo sonrojarse.

Desde aquel día los jóvenes pasaron inolvidables tardes idílicas, ya que, cuando el sol comenzaba a declinar, la amada lo esperaba al pie de la catedral, moviendo el abanico, en señal de estar comprometida. Transcurrieron varios meses, hasta que Juan Luis tuvo que partir a su regimiento. Antes de marcharse, juró amor eterno a su amada.

Ana Luisa tenía ya 47 años cuando recibió aquella carta tan cruel, fechada 18 años atrás, donde le anunciaban que a causa de encontrarse junto a unas minas, en pleno campo de batalla, el general Juan Luis de Terreros y Mendoza había fallecido. Las esperanzas un tanto marchitas de la mujer se vieron derrumbadas por completo. Aquella flama que hacía 20 años se había encendido, de la cual quedaban agonizantes cenizas, se vio consumida por completo por una ráfaga *gélida* que permaneció en el corazón de la mujer.

Ana Luisa tomó la apolillada carta y la oprimió contra su pecho. Cogió su rebozo y se dirigió a la catedral. Nunca más volvió a vérsele. Hay quienes aseguran que en las noches más calurosas de la región se ve una hermosa dama deambular por los pasillos, corredores y campanarios de la catedral, moviendo el abanico, en señal de que está comprometida.

VI

Santa Fe y Real de Minas de Guanajuato
(Guanajuato)

EL CALLEJÓN DEL BESO

Famosa historia de un amor trágico, sucedida en un callejón estrecho de la bellísima ciudad colonial de Guanajuato.

Doña Ana era una joven bella, de cabello rizado y negro como la noche y ojos castaños de mirada seductora; se encontraba al cuidado de su nana Doña Matilde, mujer de facciones duras, pero de enorme corazón, que se hizo cargo de la pequeña Ana cuando, en un viaje a Galicia, su madre murió.

El padre de Ana era un aristócrata de la sociedad colonial de Guanajuato. Dedicado tanto a sus negocios, nunca tenía tiempo para la niña, que mendigaba su cariño. A causa de esto, no se dio cuenta de en qué momento su hija se hizo una señorita.

Ana y Doña Matilde iban a misa diariamente, como buenas cristianas. La catedral de esta ciudad lucía siempre majestuosa con sus diseños barrocos tardíos y sus melodiosas campanas.

Un mañana primaveral, a mitad del sermón, Ana comenzó a percibir una mirada insistente, pero por más que buscaba no lograba vislumbrar a nadie. Ambas mujeres se dirigían a la puerta de la iglesia cuando un apuesto joven se colocó cerca de la pila de agua donde Ana iba a tomar la bendición y, con el mayor de los atrevimientos, le ofreció con su mano el agua bendita, por lo cual la muchacha, sonrojada tímidamente, le sonrió.

Varios días sucedió lo mismo. Doña Matilde se hacía la desentendida y los jóvenes intercambiaban miradas amorosas. El joven enamorado era Don Carlos Romeiro, hijo de una de las familias más prominentes de Guanajuato. Por varios meses los dos asistieron a la misa de ocho de la mañana. Así nació el romance de Carlos y Ana, bajo la vigilancia de doña Matilde, que aprobó este puro amor entre los jóvenes.

Pronto corrieron los rumores sobre la nueva pareja y éstos llegaron a oídos del padre de Ana, quien, al enterarse de lo que se decía de su hija, decidió encerrarla en su casa para después mandarla a un convento, lejos de Guanajuato, para que se olvidara de aquel hombre.

Los días pasaron. Carlos esperaba pacientemente todos los días en la iglesia a su amada, pero todo era en vano.

Finalmente, la muchacha, desesperada, le envió una carta al joven caballero explicándole la situación. Doña Matilde fue la encargada de tan importante misión; ataviada con su viejo mantón, corrió presurosamente a la iglesia, donde encontró a Carlos en un estado tremendo de melancolía. Éste no sabía cómo reaccionar ante tal afrenta. Por fin, tuvo una idea y se dispuso a ponerla en práctica. Una ventana de la casa de Ana daba a un callejón muy estrecho, tanto que se podía tocar la pared de enfrente sacando solamente la mano.

La casa frontal, precisamente a la altura de la recámara de Ana, tenía una ventana, por la cual, pensó Carlos, si lograba introducirse a la casa, podría ver y hablarle a su amada.

Carlos compró la propiedad. Lo primero que hizo fue espiar a Matilde cuando salió a la calle por algún encargo. Le contó su plan y le pidió que se lo comunicara a Ana. A la hora señalada se abrieron los dos balcones. Ana no pudo resistir más y, ofreciendo sus brazos, lloró alegremente en el pecho de su amado, quien, al verla en ese estado, no pudo más que levantar su hermoso rostro y ofrecerle el beso más amoroso que jamás hubiera brindado. En ese instante una voz imperante hizo sobresaltar a ambos, ¡era el padre de Ana! Al presenciar la escena, tomó a su hija del brazo y, loco de ira, le clavó un puñal en el corazón. Cuando Carlos iba a cruzar el balcón y arrojarse contra el padre de su amada, que yacía muerta en el piso, los brazos de dos guardias lo detuvieron.

Nada se volvió a saber sobre el paradero de Carlos. El padre de Ana enloqueció, hasta que finalmente murió.

Las ventanas de aquellos balcones permanecieron cerradas para siempre, guardando en sus interiores una de las más tristes historias de amor sucedidas en el México colonial.

GLOSARIO

Abolengo. Ascendencia.

Absolución. Indulgencia plenaria que confiere el Papa, un sacerdote o una orden religiosa, en ocasiones especiales y limitadas.

Acequia. Canal estrecho.

Acometer. Embestir, emprender.

Alférez. Oficial del ejército.

Altiva. Orgullosa, soberbia.

Ardid. Artificio, medio empleado hábil y mañosamente para el logro de algún intento.

Arrojo. Osadía, intrepidez.

Ataviar. Componer, asear, adornar.

Atrocidad. Crueldad, inhumanidad. Algo grave.

Atronar. Perturbar con ruido como de trueno.

Cabildo. Comunidad de capitulares de una iglesia, catedral o colegio.

Calce. Pie de un documento.

Caudal. Hacienda, bienes de cualquier especie, y más comúnmente dinero.

Cuenca. Cavidad en que está cada uno de los ojos.

Chanza. Dicho festivo y gracioso, broma.

Dádivas quebrantan peñas. Comentario para expresar que con regalos se consigue lo que se quiere, hasta del que más se resiste.

Desdeñoso. Que manifiesta desdén. Indiferencia que denota menosprecio.

Devoto. Dedicado con fervor a obras de piedad y religión.

Embozado. Persona que lleva la parte inferior del rostro cubierta con una prenda de vestir.

Escarnio. Burla tenaz que se hace con el propósito de afrentar. Grosera e insultante expresión de desprecio.

Fervoroso. Que tiene fervor activo y eficaz. Celo ardiente hacia las cosas de piedad y religión. Entusiasmo o ardor con que se hace una cosa.

Fuero. Ley o código dados para un municipio durante la Edad Media.

Galoneado. Guarnecer o adornar con galones los vestidos u otras cosas.

Gélido. Helado, muy frío.

Grácil. Sutil, delgado o menudo.

Guarnición. Tropa que guarnece una plaza, castillo o buque de guerra.

Hidalgo. Nombre que se dio en España a los de linaje noble.

Incontinencia. Falta de continencia, especialmente en cuanto a las pasiones de la carne.

Inmundo. Sucio y asqueroso.

Investidura. Lo que se adquiere con la toma de posesión de cierto cargo o dignidad.

Mancebo, a. Mozo o moza de pocos años, amante.

Manípulo. Ornamento sagrado de la misma hechura de la estola, pero más corto, que por medio de un fijador se sujetaba al antebrazo izquierdo sobre la manga del alba.

Maquinar. Urdir, tramar algo oculta y artificiosamente.

Monástico. Perteneciente al estado de los monjes o al monasterio.

Obsequiar. Agasajar a uno con atenciones, servicios o regalos.

Oidor. Juez o magistrado de las Audiencias.

Palio. Insignia pontifical que da el Papa a los arzobispos y a algunos obispos, la cual es como una faja blanca con cruces negras, que pende de los hombros sobre el pecho.

Parián, El. Antiguo mercado de la Nueva España y del México Independiente, donde se vendían todo tipo de objetos y artefactos novedosos de uso cotidiano.

Poner o estar en capilla. Estar el reo desde que se le notifica la sentencia de muerte hasta la ejecución, en cualquier pieza de la cárcel dispuesta como capilla.

Pregonero. Que publica o divulga una cosa. Oficial público que en alta voz da los pregones, publica y hace notorio lo que se quiere hacer saber a todos.

Prendar. Aficionarse, enamorarse de una persona o cosa.

Prodigar. Tratándose de elogios, favores, dádivas, etc., dispensarlos profusa y repetidamente.

Prodigio. Suceso extraño, milagro.

Pujavante. Instrumento que usan los herradores para cortar el casco a los animales de carga.

Remanso. Detención o suspensión de la corriente del agua u otro líquido.

Sacramentar. Administrar a un enfermo en peligro de muerte la eucaristía y la extremaunción.

Sacramento. Signo sensible de un efecto interior y espiritual que Dios obra en nuestras almas. Son siete.

Santo Oficio. Tribunal eclesiástico, establecido para inquirir sobre los delitos contra la fe y castigarlos.

Siniestro. Propensión o inclinación a lo malo. Malo o mal inclinado. Causante o acompañado de desgracias.

Tentativa. Acción con que se intenta, experimenta, prueba o tantea una cosa.

Tercio. Unidad de la infantería española equivalente al regimiento.

Ubicuidad. Calidad de ubicuo. Que está presente a un mismo tiempo en todas partes. Dícese principalmente de Dios.

Visitador. Juez, ministro o empleado que tiene a su cargo hacer visitas o reconocimientos.

Voluptuoso. Que inclina a la voluptuosidad, la inspira o la hace sentir. Dado a los placeres o deleites sensuales.

Zozobrar. Peligrar la embarcación por la fuerza y contraste de los vientos. Perderse o irse a pique.

ACTIVIDADES

1. RECREACIÓN LITERARIA

a) Comprensión de lectura

1. ¿En qué logró escapar la Mulata de Córdoba de la cárcel del Santo Oficio?

2. ¿Qué le sucedió a la mujer que vivía con el clérigo en incontinencia, según la leyenda "La calle de la mujer herrada"?

3. ¿Cuál era el verdadero nombre de la Monja Alférez?

4. ¿Qué era lo que preguntaba Don Juan Manuel a sus víctimas antes de darles muerte?

5. ¿Cómo murió "El Tapado"?

6. ¿Qué escuchó el padre Fray Rafael Luque en la chapa de la puerta del padre Benedícite, según la leyenda "El número 7"?

7. ¿Por qué quiso vengarse la condesa de Vergara de Don Guzmán Ruiz de Lara?

8. ¿Qué le sucedió a Martín de Villavicencio después de aquella noche en que le llevaba serenata a su prometida y tuvo un encuentro extraño en la leyenda de "La Llorona de Guerrero"?

9. ¿Por qué Ana Luisa esperó durante 18 años el regreso de su prometido, en "La dama del abanico"?

10. ¿Qué hizo Don Carlos Romeiro para poder ver a su amada Doña Ana, una vez que el padre de ella se interpuso entre los dos, según la leyenda El "callejón del beso"?

b) Falso o verdadero

Escribe F o V en la línea izquierda, según sea falso o verdadero el contenido de estos enunciados.

1. _____ La Mulata de Córdoba logró salir de su celda gracias a que el Tribunal del Santo Oficio le concedió la libertad.

2. ______ Don Juan Manuel acudió a un religioso de San Francisco y le reveló sus crímenes, en la leyenda "La calle de Don Juan Manuel".

3. ______ El padre Fray Ildefonso Arreguy se confesó con el padre Fray Rafael Luque, durante su misterioso encuentro en la leyenda "El número 7".

4. ______ La condesa de Vergara decidió ir a tierras africanas para derrochar su inmensa fortuna.

5. ______ En la leyenda de "La Llorona de Veracruz", la protagonista se arrepiente de haber dado muerte a su hijo y desaparece para siempre entre el polvo del camino.

c) Relación de columnas

Del lado izquierdo presentamos un resumen del argumento de algunas de las leyendas de este compendio, y del lado derecho el título de las mismas. Coloca en el paréntesis el número del título que le corresponda a cada resumen.

( ) Leyenda que narra cómo una misteriosa mujer logró escapar de su celda en un buque imaginario.

( ) Leyenda que narra la venganza de un hombre y de su absolución, que pagó con su propia muerte.

( ) Leyenda que narra la confesión del padre Ramírez desde el más allá.

( ) Leyenda que narra la historia de una noble dama española y su venganza en la poza de la muerte, en Punta Gorda, región de un actual estado de la costa.

( ) Leyenda de la misteriosa mujer que se quedó esperando eternamente a su amado al pie de la catedral de Durango.

1. La dama del abanico
2. La condesa de Vergara
3. La Mulata de Córdoba
4. La calle de Don Juan Manuel
5. El número 7

d) Preguntas de análisis

Lee lo siguiente y contesta lo que se te pide.

1. Un número variado de autores, han tratado de recopilar las leyendas del México colonial de nuestro país, entre ellos podemos mencionar a Juan de Dios Peza, Luis González Obregón o Manuel de Orozco y Berra . Para ti, ¿cuál es la importancia que tienen estos escritos actualmente?
2. En muchos libros literatura, se aborda el periodo colonial ya que fue una época histórica muy importante y con una diversidad de características interesantes. ¿Te hubiera gustado haber vivido en esta época? ¿Por qué?
3. ¿Cómo crees que era la vida cotidiana en la Nueva España?

2. REFLEXIONES SOBRE LA LENGUA

a) Sinónimos y antónimos

Busca el significado de las palabras que se encuentran en negritas y reemplázalas por un sinónimo y un antónimo. Puedes consultar el glosario de este compendio o el diccionario.

1. La catedral de la ciudad de Guanajuato lucía **majestuosa.**
2. Ana Luisa sintió una ráfaga **gélida** al recibir la carta de su enamorado.
3. La Monja Alférez **desenvainó** su espada y se puso al lado de su amigo.
4. El sacerdote **suministró** el sacramento de la extremaunción al "Tapado".
5. Las más **extrañas** y **absurdas** explicaciones circulaban por la ciudad de la Nueva España.

b) La oración simple

En las siguientes oraciones subraya el sujeto, encierra en un rectángulo el predicado y tacha el verbo.

1. Desde aquel día los jóvenes pasaron inolvidables tardes idílicas.
2. La Luna iluminó la cruel hazaña de la mujer.
3. Los condes de Villavicencio asistieron al funeral de su único hijo.
4. La Mulata de Córdoba escapó en un buque imaginario de las celdas del Tribunal del Santo Oficio.
5. El callejón más estrecho de la bellísima ciudad de Guanajuato, guarda una romántica leyenda.

3. LENGUA HABLADA

a) Sopa de letras

Las palabras que presentamos a continuación eran muy comunes en la época de la colonia, actualmente han caído en desuso. Consulta en el glosario de este compendio su significado, anótalo delante de ellas y después búscalas en la sopa de letras.

ACEQUIA
EMBOZADO
HIDALGO
OIDOR
CABILDO

L	T	U	I	O	A	S	D	I	F
T	E	N	E	R	T	N	O	Z	N
E	M	B	O	Z	A	D	O	T	L
E	M	D	H	G	L	Z	I	A	I
T	I	L	H	I	D	A	L	G	O
O	E	O	B	I	H	U	A	C	A
A	Z	A	J	P	T	Z	A	I	L
F	C	A	Z	T	L	U	C	I	I
L	T	L	G	W	Z	Ñ	X	U	K
H	T	A	I	U	Q	E	C	A	N

4. LENGUA ESCRITA

a) Investiga y elabora una ficha de resumen con los siguientes temas

1. ¿Qué es una leyenda y cuáles son sus características?
2. ¿Qué es un mito y cuáles son sus características?
3. ¿Cuáles son las diferencias entre mito y leyenda?
4. En este compendio hemos procurado investigar el nombre original de algunos de los estados de la República en la época colonial, tales como: *Santiago de Querétaro:* Querétaro, *La Villa Rica de la Vera Cruz:* Veracruz, o *Santa Fe y Real de Minas de Guanajuato:* Guanajuato. Investiga el nombre que tenían otros estados en dicho periodo histórico.

b) Elaboración de un cuadro sinóptico

Investiga qué otras leyendas son tradicionales en los estados que abordamos en este compendio y elabora un cuadro sinóptico.

5. ACTIVIDAD RECREATIVA

Señala con la simbología indicada el estado al que pertenece cada una de las leyendas que presentamos a continuación.

La calle de Don Juan Manuel

La dama del abanico

La condesa de Vergara

El callejón del beso

RESPUESTAS

1. RECREACIÓN LITERARIA

a) Comprensión de lectura.

1. En un navío imaginario.
2. Fue herrada en manos y pies como un caballo.
3. Catalina de Erauzo.
4. La hora.
5. En la horca.
6. "No, hombre, no puedo... ya te digo que no puedo..."
7. Porque la despreció en amores.
8. Enfermó de gravedad y finalmente murió.
9. Porque él le había jurado amor eterno.
10. Compró la casa que estaba frente a la de Ana.

b) Falso o verdadero

1. F 2. V 3. F 4. F 5. V

c) Relación de columnas

(3) (4) (5) (2) (1)

2. REFLEXIONES SOBRE LA LENGUA

b) La oración simple

1. Desde aquel día los jóvenes pasaron inolvidables tardes idílicas.

2. La Luna iluminó la cruel hazaña de la mujer.

3. Los condes de Villavicencio asistieron al funeral de su único hijo.

4. La Mulata de Córdoba escapó en un buque imaginario de las celdas del Tribunal del Santo Oficio.

5. El callejón más estrecho de la bellísima ciudad de Guanajuato, guarda una romántica leyenda.

3. LENGUA HABLADA

a) Sopa de letras

ACEQUIA: Canal estrecho.

EMBOZADO: Persona que lleva la parte inferior del rostro cubierta por una prenda.

HIDALGO: Nombre que se dio en España a los de linaje noble.

OIDOR: Juez o magistrado de audiencia.

CABILDO: Comunidad de capitulares de una iglesia, catedral o colegio.

L	T	U	I	O	A	S	D	I	F
T	E	N	E	R	T	N	O	Z	N
E	M	B	O	Z	A	D	O	T	L
E	M	D	H	G	L	Z	I	A	I
T	I	L	H	I	D	A	L	G	O
O	E	O	B	I	H	U	A	C	A
A	Z	A	J	P	T	Z	A	I	L
F	C	A	Z	T	L	U	C	H	I
L	T	L	G	W	Z	Ñ	X	U	K
H	T	A	I	U	Q	E	C	A	N

5. ACTIVIDAD RECREATIVA

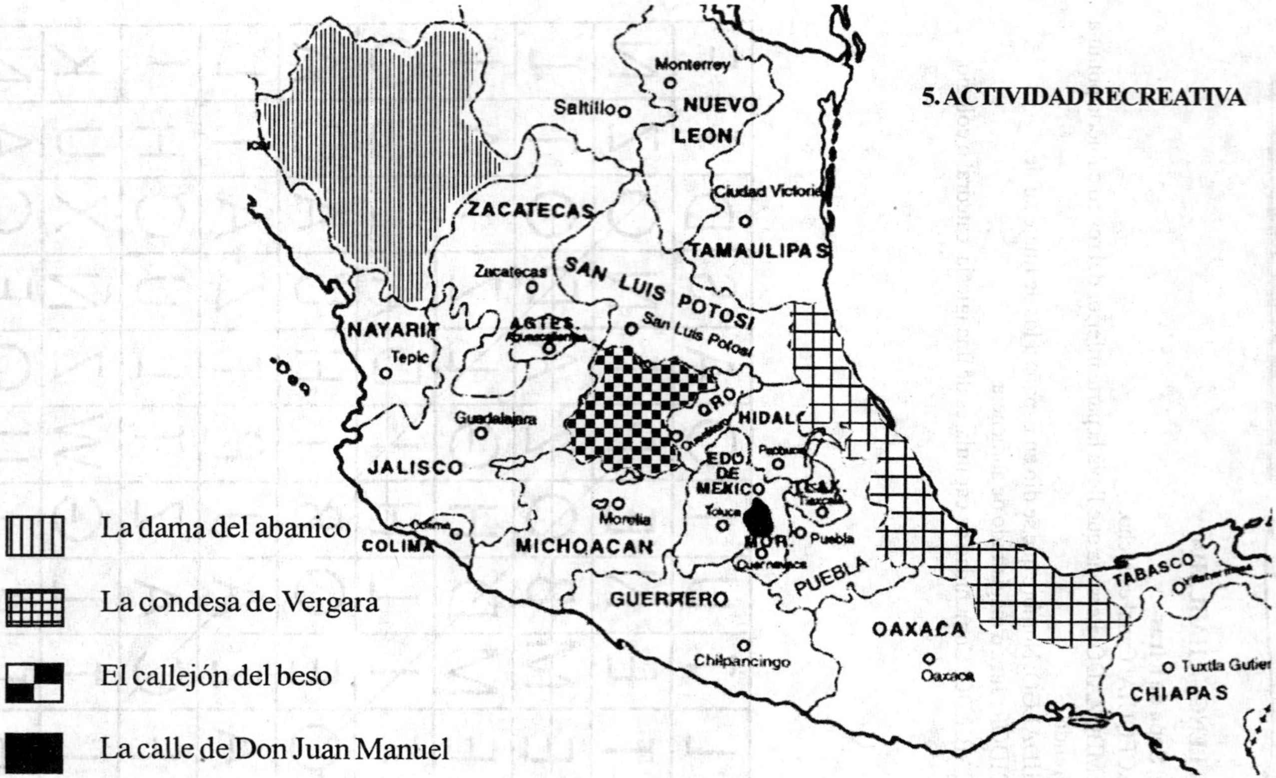

Índice

Índice

Mitología griega para niños
Pablo López

Monstruos de la mitología griega para niños
Pablo López

Los héroes griegos en los juegos olímpicos
Alejandro Torres

Idilios y guerras
Alejandro Torres

Se imprimió en los talleres de
Reproducciones Fotomecánicas, S.A. de C.V.,
Democracias 116, Col. Amantla
Azcapotzalco, México, D.F.